Hamburger Abendblatt

Grüße

von

Gina

SCHWARZE **HEFTE**

Frank Göhre

GOLDENE MEILE

Ein Krimi vom Hamburger Abendblatt

Die Reihe »Schwarze Hefte« wird
herausgegeben von Volker Albers

Titelillustration: Wolf-Rüdiger Marunde
Gestaltung und Herstellung: Peter Albers
Satz, Lithographie und Druck:
Albert Bauer KG, Hamburg
Bindearbeiten:
Schoch & Siege, Ahrensburg
Printed in Germany

ISBN 3-921305-82-9

Hamburg, St. Pauli, morgens zwischen sechs und sieben. Der Gastronom zählt die schmierigen Lappen, die Einnahmen der letzten Schicht, wäscht sich noch einmal die Hände und steigt in seine vor dem Lokal geparkte Mercedes-Limousine, den Packen Scheine in der Tasche, die Knete, den Knödel, zusammengesteckt mit einer silbernen Spange. Ein räudiger Köter pinkelt auf das zerfledderte Boulevardblatt vom Vortag: »Treffpunkte«, »Treffpunkte«. Torkelnde Stadtstreicher übergeben sich in den Rinnstein, Zigarettenkippen werden mit weggespült. In der Herbertstraße sind auch diesmal wieder zig gebrauchte Präservative in

Servietten geknautscht und im Klo entsorgt worden. Kaltes Fritteusenfett platscht in die Kanalisation, schleimt, schlunzt, schliert durch die Kloake, vermengt sich mit dem übrigen Dreck, den Ausscheidungen der Nacht, der stinkenden Brühe, spratzt in Risse und schadhafte Stellen, dringt durch schon poröse Dichtungen ins Erdreich, sickert ein, sackt ab, verseucht das Grundwasser, das hochgepumpt und umgewälzt und vermeintlich frisch und klar schließlich aus verchromten Hähnen fließt, aus Duschköpfen sprüht: »Guten Morgen, Hamburg.«

Der Radiowecker hatte sich eingeschaltet, die Ziffern leuchteten rot.
Die junge Frau zog T-Shirt und Slip aus, duschte ausgiebig und wusch sich das kräftige, dunkelbraune Haar. Sie frottierte sich ab, schlang das Badetuch um die Hüften und goss sich in der Küche von dem inzwischen durchgelaufenen Kaffee ein. Draußen war es noch dunkel. Ohne Eile kleidete sie sich an. Sie hatte sich bereits gestern für den kurzen Glockenrock, das mit Silberfäden durchwirkte Top und schwarze Kniestrümpfe zu flachen Schuhen entschieden. Vor dem letzten Schluck Kaffee entnahm sie ihrer Pillendose ein schmal gefaltetes Briefchen, legte zwei Linien und schniefte das weiße Pulver durch einen fingerlangen Strohhalm. Erst jetzt zündete sie sich eine Zigarette an, inhalierte tief und öff-

nete die Tür zum Innenhofbalkon. Es dauerte nicht lange, bis der Stoff wirkte. Sie fühlte sich leicht und nun endlich bereit, das zu tun, was sie schon längst hätte tun sollen. Es war Samstag, der 25. September, 6.23 Uhr.

Okay, wir sehen uns dann«, sagte Pat. Sie hatte einen Blick über den Hafen geworfen und machte jetzt Anstalten, die Bernhard-Nocht-Straße wieder zu überqueren. Urs stoppte sie mit erhobener Hand. Er hörte seine Mailbox ab.

»Wir gehen noch frühstücken, oder?«, näselte er.

»Ich geh pennen«, sagte sie.

Sie schaute demonstrativ auf die Uhr. Es war kurz vor sieben, die Luft war klar, es versprach ein schöner Tag zu werden. Es war ein durchweg sonniger Herbst, ungewöhnlich für Hamburg, immer noch hohe Temperaturen. Cabrio-Wetter.

»Rainer ist in Tanger«, teilte Urs ihr mit. »Ich hab dir von Rainer erzählt, der München-Rainer, wir waren zusammen in Berlin, oder? Rainer mixt einen Supersound, er nimmt da unten die Stadtatmo auf, hört sich gut an, was er sagt, er ist Mittwoch zurück in Frankfurt, midnight, wir können dabei sein, oder?«

»Bei was?«, fragte Pat, obwohl es sie eigentlich keinen Deut mehr interessierte. Irgendwelche Dates, irgendwelche Grooves, Thekenstehen mit dem München-Rainer, dem Freaky-Easy, dem bleichen Boris, dem Speed-Doc, den Bond-Girls. Sie hingen doch nur rum und sabbelten über die Totalverblödung, die kaputten Szene-Kaputten, die Knallkaputten, die kaputtesten der Kaputten, die voll krassen Alkies, die hirnlosen Fleischfresser, die Hirnstau-Normalos.

»Unter der Mainbrücke macht ein neuer Club auf, oder? Da wär auch mal was für mich drin.«

Pat winkte ab. Urs aber nickte bekräftigend. Er steckte sein Handy in die aufgenähte Seitentasche seiner US-Army-Hose und streifte entschlossen die Ärmel seines XXL-Holzfällerhemdes hoch. Seine Arme waren stark behaart, sein schmaler Schädel glatt rasiert. Er trug eine übergroße Sonnenbrille, deren Augengläser neonweiß umrandet waren.

Pat ließ es zu, dass er einen Finger in ihren Gürtel hakte, saulässig wie niemand sonst. Er wiegte sich cool in den Hüften.

»Ich muss mich mal wieder um Gabriella kümmern«, sagte sie.

Urs kniff sie in die Seite.

»Du willst mich provozieren, oder? Du bist schräg drauf, das ist mir schon aufgefallen, die ganze Zeit über. Du fährst auf nichts richtig ab, oder? Hast du was Abartiges geschmissen, bist du total aus der Spur? Ich find das nicht komisch, das ist öde, total öde, oder?«

»Genau«, sagte Pat patzig und gab ihm einen Klaps in den Schritt.

Urs zog sie an sich. Er brachte sein Doktor-Schiwago-Lächeln zustande. Seine Zähne waren echt klasse, da gab es nichts. Alles in allem war er schon ganz okay, obwohl er die meiste Zeit über fett zugeknallt war. Er machte mit der Zunge den flinken Gecko, stupste sie mit der feuchten Spitze an die Nase.

Pat hatte eine sehr markante Nase und einen überaus breiten Mund, hohe Wangenknochen und langes, glatt fallendes, tiefschwarzes Haar. Für Gabriella war sie »die Navajo«. Bei Gabriella trug sie oft weiches Leder und verfiel bei schmachtender Bitte in theatralische Ekstase. Gabriella hatte es gern, wenn die »amerikanische Ureinwohnerin« ihr wildes und bei entsprechender Gelegenheit auch grausames Gesicht zeigte.

Tatsächlich aber war Pats Mutter in Boston zu Hause, und ihr Vater war ein NDR-Orchester-Musiker, der schon seit neunzehn Jahren von der damaligen Gaststudentin geschieden war. Pat war bei den Niendorfer Großeltern aufgewachsen und hatte als Kind nur hin und wieder die Löwen im nahen Tierpark brüllen hören.

»Du willst Action, oder?«, stellte Urs fest und nickte sogleich, als habe er etwas ganz Riesiges gerafft. »Das ist es, ich hätte es mir eigentlich schon denken können, du willst den vollen Höllendrive, den puren Wahnsinn, oder?« Er legte den Kopf zurück und jaulte wie ein Werwolf den Frühmorgenhimmel an. Pat machte sich kopfschüttelnd von ihm los.

»Du kannst mir 'nen bisschen Geld leihen«, sagte sie. »Ich hab noch 'ne Menge zu erledigen. Ich komm dann morgen vorbei, ich könnte uns Sushi mitbringen.«
Urs machte Anstalten, sie erneut zu klammern, doch sein Handy hatte Vorrang. Es orgelte in seiner Seitentasche die ersten Takte von Beethovens Neunter.

Kriminalhauptkommissar Jörg Fedder erwachte und stellte als Erstes entsetzt fest, dass er nicht allein auf dem breiten Futon lag. Links neben ihm schnarchte sein ehemaliger Kollege Pit Gottschalk.
Was war geschehen?
Noch bevor Fedder auch nur die Ahnung einer Erklärung hatte, stieß er an einen weiteren Körper. Es war der einer Frau. Sie trug halterlose Strümpfe und sonst gar nichts. Fedder überkam es heiß und gleich darauf eisig kalt. Außer seinen Socken hatte er ebenfalls keinen Fetzen am Leib. Und Gottschalk war lediglich mit einem zerknautschten Oberhemd bekleidet. Sein Schnarchen stockte.
»Lecker«, hörte Fedder ihn murmeln. »Lecker, lecker Zuckerbäcker. Es ist genug da, nimm noch einen Happen-Pappen.«
»Pit!« Fedder rüttelte ihn panisch. »Pit, wach auf!«
Neben ihm rührte sich die Frau.
»Oh, mein Gott!«, stöhnte sie. »Mein Kopf.« Fedder krabbelte hastig über den weiterschnarchenden Gottschalk

hinweg. Vor dem Bett lagen etliche Kleidungsstücke. Fedder fand seine mit Kuhköpfen bedruckten Boxershorts und stieg leicht schwankend hinein. Erst dann riskierte er einen Blick zu der Frau hin.

Sie hatte sich im Bett aufgesetzt und massierte ihre Schläfen.

»Ingrid«, sagte Fedder tonlos.

»Was?« Sie musste mehrere Male heftig niesen. Gottschalk grunzte wieder irgendwas und wälzte sich mit immer noch geschlossenen Augen zu ihr.

»Ich ...?« Fedder brach ab. »Mir ist schwindelig«, sagte er dann. Ingrid nieste noch einmal, schniefte.

»Mein Gott«, wiederholte sie. »Was war das nur für ein Scheißzeug, ich hab doch kaum was genommen. – Der Wein war gut. Hast du mich ausgezogen, oder war ich das?«

»Ich ... ich weiß nichts, absolut nichts.«

Ingrid zog ihre langen Beine an, stützte das Kinn auf die Knie.

»Du warst irre witzig«, sagte sie. »Haben wir ...?« Sie schniefte wieder, lächelte ein kleines Lächeln. »Oh, oh, oh.«

»Nein! Nein! Das ... das wär ...«

»Bange-Pange!«, röhrte Gottschalk und schnellte hoch. »Teufelnocheins, hab dich, du Sackgesicht! – Was glotzt du mich so an?«

»Du träumst«, sagte Fedder.

»Unsinn!«, erwiderte Gottschalk. Er reckte sich und gähnte lauthals.
»Vorsicht!«, sagte Ingrid.
»Huch!«, machte Gottschalk und nickte Fedder zu. »Du hast Recht.«
»Ach was, ich bins.« Ingrid knuffte ihn leicht in die Seite. Gottschalk fuhr wie von der Tarantel gestochen herum. Er schluckte trocken, blies die Backen auf, und seine Augen weiteten sich.
»Ich erinnere nichts«, glaubte Fedder sagen zu müssen.
»Mir dämmert was«, sagte Ingrid. Sie machte eine raumumfassende Geste. »Wir haben noch Käpt'n-Blaubär-Kassetten gesehen.«
»Ich? Nie!«, schnaubte Gottschalk. »Warum hast du nichts an? Was hat der da hier zu suchen? Das ist mein Bett.«
»Nein, meins«, korrigierte Ingrid von Boizenburg. Sie schien jetzt einiges zu blicken. »Ich habe euch zu mir eingeladen, wir haben gemeinsam gekocht, du hast den Wein mitgebracht.«
Fedder nutzte die Erklärung, um sich sein Hemd überzustreifen. Er zwang sich, nicht auf Ingrids nackte Brüste zu starren. Das tat Gottschalk schon ausgiebig genug.
Ingrid tätschelte Gottschalks Wange.
»Ich glaube, wir haben alle ein wenig zu viel getrunken, denn was später geschah ... oh, oh, oh, wir können ja versuchen, es zusammenzutragen. Seid ihr Manns genug, euch eurer nächtlichen Taten zu stellen?«

»Nein!«, antworteten Gottschalk und Fedder wie aus einem Munde, wenngleich aus völlig unterschiedlichen Beweggründen.
Es war auf die Minute 10.45 Uhr, und um diese Zeit war Urs bereits seit zwei Stunden tot.

Die dicke Gabriella kniete vor dem Porträt des »Duke«.
Es war ein DIN-A4-großes Foto, das in einem verschnörkelten Goldrahmen steckte.
Die ungemein dicke Gabriella betete im Angesicht des »Duke«.
Der »Duke« hatte den Kopf schräg gelegt und lächelte ein maliziöses Lächeln. Die wirklich fette Gabriella senkte beschämt den Blick. Sie hatte ganz, ganz böse Gedanken gehabt.
Das »Duke«-Foto stand auf dem Fernseher in Gabriellas schmalem Pensionszimmer.
Sie hatte es bei all ihren Tourneen mit im Gepäck. Von New Orleans kreuz und quer durch die Staaten. Von New York nach Europa, Rom, Zürich, Paris, Oslo, Stockholm, Kopenhagen.
Von Kopenhagen nach Hamburg.
Die Soul-Sisters. Die drei stimmgewaltigen Schwestern aus dem Süden der USA, dem Mississippidelta, den Sümpfen.
Ann, Cindy und Gabriella.

Nur zehn Tage in Hamburg. Das musikalische Ereignis im »St. Pauli Theater«, sämtliche Vorstellungen waren restlos ausverkauft.
Die Show lief nur noch zwei Abende.
Die nächste Station war Berlin.
Die fette schwarze Gabriella führte die gefalteten Hände an die wulstigen Lippen.
Sie hatte sich früh um sechs Uhr aus dem Bett gewälzt. Sie hatte sich mühsam ächzend angekleidet und war ein Stück die Reeperbahn hinuntergestapft. Und dann weiter, immer weiter, eine große Runde. Bis sie es gesehen hatte, die bittere Wahrheit, mit ihren eigenen Augen, und der Schmerz hatte wie rot glühender Stahl ihr Herz durchbohrt. Dicke Tränen waren über ihr rundes Gesicht gekullert.
Später, eine Ewigkeit später, hatte sie apathisch ein halbes Dutzend Burger, drei Muffins mit Ei und eine doppelte Portion Pommes frites gefrühstückt und alles mit vier Bechern Kaffee heruntergespült. Doch die bösen, bösen Gedanken waren wieder aufgelodert.
Vor Gabriellas innerem Auge hatten unzählige Flaschen Form angenommen. Guter, alter Whisky, Scotch und Bourbon, Brandy, Cognac, Tequila, Wodka, Aquavit, Obstler und auch Sake, Biere aus Holland und Australien, dänisches Elephant, Guinness, Red Stripe, herbes Pils und schäumendes Weizenbier. Völlig haltlos hatte Gabriella zugelangt, hatte das Glas hoch mit Eiswürfeln gefüllt,

eingegossen, genippt, gekostet, geschluckt und geschlürft, nachgeschenkt, runtergespült, immer zügiger gekippt, gebechert, gesoffen, sich voll laufen lassen, sich eine gewaltige Dröhnung gegeben, den finalen Absturz.
Gabriella krächzte den »Duke« um Vergebung an. Er sollte sie erlösen von diesem Übel, den nun schon seit Tagen immer wiederkehrenden Fantasien, dem unheilvollen Sog hochprozentiger Verlockungen. Denn auch nur ein Tropfen Alkohol wäre ihr Tod.
Der »Duke« sollte Pat strafen. Pat war doch an alldem schuld. Pat allein.
Pat war überirdisch schön.
Pat war begehrenswert, war hingebungsvoll und leidenschaftlich. War sanft und samtig, anschmiegsam und zugleich fordernd, hatte kräftige Muskeln und einen flachen, harten Bauch, glatte Schenkel und volle, straffe Brüste. Sie roch gut. Sie schmeckte gut.
Sie hatte heißes Blut, und sie konnte im Liebesrausch den Himmel aufreißen, gleißende Glückseligkeit verströmen. Gabriella liebte sie. Gabriella hasste sie.
Nur der »Duke« konnte ihre hin- und herpendelnden Gefühle bündeln, ihr eine Klarheit, die Klarheit geben. Sie flehte ihn an, Pat wieder auf den rechten Weg zu führen, hin zu ihr, die zwei Treppen zu ihrem Zimmer hinauf, an ihre Seite, in ihr Bett, auf das nachts die gelb-rot-grünen Strahlen der Leuchtreklamen fielen, das Flimmern der goldenen Meile.

Der Sound war tierisch. Der Skimaskenmann am Pult legte einen superschrägen Mix hin. Space Frog und Frankieboy, House Trip, Hardy Hard und Elvis-Schluchzer, Elektro-Beat, Bass & Drum, millegeil. In dem niedrigen Kellergewölbe wogte es, pumpte und stampfte auch in diesen Vormittagsstunden noch die Menge, eng gedrängt, flackerten hellgrell und bonbonfarbenbunt die Lichter, Strahlenbündel, Laserblitze zuckten über verschwitzte Gesichter, über Kulleraugen, Mandelaugen, Tranceaugen, Euphorieaugen, Ekstaseaugen, über weit aufgerissene und halb geöffnete Münder, den Hechelmund, den Schlingmund, den Spastimund. Sex-House-Trash. Die junge Glockenrockfrau zündete sich eine weitere Zigarette an und lehnte sich locker an den Tresen. Sie inhalierte tief. Sie war mit sich zufrieden. Aus schmalen Augen verfolgte sie das Zucken der Körper, nahm die irren Klamotten wahr, die dünnen, eng anliegenden Designer-Röcke, die extrem weiten und tief sitzenden Hosen mit unzähligen Taschen, klatschnasse Muskel-Shirts und Tops, schwingende und hüpfende Brüste, die schweren Mamabrüste, die Modelbrüste, einen superschmalen Hintern, freiliegende Bauchnabel, gepiercte Nabel, tätowierte Oberarme.
Die Beats ließen ihren flachen Bauch vibrieren. Es war gut, diese Power zu spüren. Es war ihr, als empfinde sie zum ersten Mal die vorantreibende Kraft, dieses erotische Feeling, den ultimativen Sex.

Sie begann, sich unmerklich zu bewegen, nahm die harten Rhythmen mehr und mehr auf, stieß nun heftig zurück und musste urplötzlich lachen, ein noch etwas unterdrücktes Lachen, ein hechelndes Japsen. Sie legte den Kopf weit in den Nacken, und es durchströmte sie heiß. Ja, ja, sie hatte getan, was zwangsläufig notwendig geworden war, unausweichlich, sie hatte geschafft, wozu sie ansonsten nicht in der Lage war, es war riesig.
Die Glockenrockfrau ließ die angerauchte Zigarette achtlos fallen und mischte sich unter die Tanzenden, tauchte unter, schlängelte sich hoch, streifte diesen und jene, die Nymphe, die Hexe, den Fighter, den Kasper, die Hardcore-Lady, die Schleiertänzerin, die Unberührte und die Verruchte, sie las die Geschichten in ihren Gesichtern, las »Ich bin groß, ich bin stark«, »Ich bin Rotkäppchen und habe mich verirrt«, »Ich bin eine Frau im Körper eines Mannes«, »Ich zeigs dir«, »Ich schwebe, ich fliege«, empfing die Signale »Lass dich streicheln«, »Lass dich küssen«, »Lass dich riechen, wie ich mich rieche«, »Sei lieb, sei sanft, sei zärtlich, zu mir, zu dir«.
Ihr Glockenrock schwang hoch.
Die junge Glockenrockfrau tanzte die Worte ab, die ihr durch den Kopf schossen, die genuschelten Sätze, das genäselte »Oder?«, zertrat sie auf dem harten Betonboden, zerstampfte, zermalmte sie. Es waren lächerliche Sprüche, alberne Texte ohne Gefühl, ohne Seele. Es war

eine Erkenntnis, das erkannt zu haben, ein Gedanke, der sie jetzt befreit lachen ließ: »Ich habe mich gelöst«, lachte sie lauthals und riss die Arme hoch, hüpfte und wirbelte herum. »Ich bin frei. Frei davon, auf ihn warten zu müssen, mich nach ihm zu sehnen, auf dass er mich begehre und liebe wie in der ersten Nacht, die nicht enden wollte, nicht enden sollte bis in alle Ewigkeit, Amen.«

Sie wiederholte die Litanei, reihte »Amen« an »Amen«, fiel ein in den nun hämmernden Rap: »Amen, Amen ist mein Sagen, sag ich du, machst du zu, zu mir kommst, kommst du nicht, lösche ich allein das Licht, schalte aus, schalte weg, bist doch nur ein Haufen Dreck ...«

Eine Maschinengewehrsalve peitschte durch den Club, brach sich an den schwarzen Wänden, Sirenen jaulten. Trash, Trash, House-Trash.

Der Skimaskenmann schrie »Cut!«, zog die Regler ganz runter. Die sekundenlange Stille brachte die Gewissheit eines nun folgenden Mega-Hits.

Die junge Glockenrockfrau spannte sämtliche Muskeln. »Verpiss dich!«, schrie sie mit dem Aufsetzen des Tonarms.

Ingrid von Boizenburg, Pit Gottschalk und Kriminalhauptkommissar Jörg Fedder nahmen Handtücher und Bademäntel entgegen, Ingrid bekam einen Schrankschlüssel mit blauem Plastikband, die Männer erhielten gelbe, die Nummern 23 und 28.

»Alles auf mich«, verkündete Gottschalk großspurig und schob Fedder in den Umkleideraum. »Und jetzt kein Wort mehr über die letzte Nacht.«
»Keine Silbe«, bekräftigte Fedder. »Saunieren ist jetzt genau das Richtige.«
Gottschalk legte seinen weißen Borsalino in das obere Fach. »Wir gehen anschließend ins ›Abendmahl‹«, sagte er. »Neudeutsche Küche, nicht schlecht. Oder hast du Bereitschaft?«
»Ich bin frei.«
Gottschalk griente. »Doch noch was«, flüsterte er. »Ingrid wird nicht nach Südafrika zurückgehen. Sie hats mir gestern so nebenbei gesagt. Sie ist auf immer mehr Rassisten getroffen, unsägliche Arschlöcher, das hält kein einigermaßen vernünftiger Mensch auf Dauer aus.«
»Das weiß man doch.«
Gottschalk seufzte ein wenig genervt.
»Du verstehst mal wieder nicht, worauf ich hinauswill. Sie bleibt, und das heißt, wir können über Weihnachten/Neujahr gemeinsam in ihr dänisches Ferienhaus.«
»Wir?«
»Du, ich, sie – ja, du Torfkopp. Da kommt doch Freude auf.«
»Bei dir vielleicht. Hör mal, ich finde sie nett, wirklich nett und auch großzügig. Aber versuch bitte nicht ständig, sie mir unterzuschieben.«
Gottschalk tat entrüstet.

»Das ist doch wohl schon gelaufen«, sagte er. »Meine Fresse, wir sind schließlich erwachsene Menschen.«
»Genau«, sagte Fedder. »Und es wäre schön, wenn du dich dementsprechend verhalten würdest. Mein Gott, du hast uns doch diesen Scheißkoks aufgedrängt, wo hast du das Zeug eigentlich her?!«
Gottschalk tippte sich an die Stirn.
»Wie wärs mit noch ein bisschen lauter? Der Herr Staatsanwalt entspannt sich auch gelegentlich hier.« Er flüsterte wieder. »Aber bitte – ich habs sozusagen konfisziert, vom Enkel meiner Schweizer Tante. Der Junge nimmt nichts ›Abartiges‹, der kennt sich aus.«
»Das will ich gar nicht wissen …«
»Du hast gefragt. Außerdem wirst du ihn ohnehin heute noch kennen lernen.« Damit hatte der übergewichtige Exkommissar Peter »Pit« Gottschalk Recht. Dass sein weitläufiger junger Verwandter jedoch an keiner Unterhaltung mehr teilnehmen konnte, ahnte er nicht im Geringsten. Urs war inzwischen schon knapp viereinhalb Stunden tot, und sein Körper war weit gehend im Schlick einer Baugrube eingesackt. Es war 13.10 Uhr, als zudem eine Taube auf seine kahl rasierte Schädelstirn kackte.

Die ersten Reisebusse parken am Operettenhaus. »Cats«-Tänzerinnen dehnen drinnen auf der Bühne ihre Gelenke. Trockenübungen. Liebesleid und Liebeslust werden ausgetauscht, englische Sprachbrocken fließen ein. Muntere Schwaben erkunden im hellen Sonnenlicht den allmählich auflebenden Kiez, tippeln, trippeln, trapsen in Gruppen und Grüppchen die Reeperbahn runter. Sex-Sex-Video. Peep-Live. Wandsbeker Hauptschülerinnen absolvieren Erotikgymnastik im Brazil-Tanga. Der Münzautomat spuckt harte D-Mark aus. Aus den Boxen in den schmalen Gängen tönt Cher. Auch der »Titanic«-Hit ist im Programm. Neubrandenburger Sandalenlatscher gehen in die Knie, gönnen sich den Klappenblick auf Kaugummi kauende Nymphen. Sparta Shop, Seventh Heaven, World of Sex. Commix und Condome, Dildos in Euroformat und chinesische Orgasmuskugeln für die »Krönung Kaffee« trinkende Bankerin, schmatzfit im Schritt unterm lindgrünen Kostüm. Die neunschwänzige Peitsche, die Lederkorsage, das Nietenhalsband. Eintritt frei. Im Café Keese wird noch der Boden gefeudelt, im Hotel Hanseat wird schon gefegt, genagelt, ein Rohr verlegt. Steuerberater auf Jahrestagung im CCH haben Kolleginnen zum Stadtbummel überredet und nun die Hosen heruntergelassen. Der Wunsch nach gewagten Dessous wird gleich nebenan erfüllt. Easy Winner, Sex Discount. Filme, Bücher und Sticker. I love Hamburg. Hamburg gesehen von vorn und von hinten, von unten und von oben, gern genommen. Der St.-Pauli-Fan-Club-Schal, das Schneegestöber mit kopulierendem Negerpaar als Souvenir. Dänemark in Hamburg.

Der beste Hot Dog der Stadt für 'n Heiermann, kaum bestellt, schon in der Hand. Schräg gegenüber liegt die aus Film und Fernsehen hinlänglich bekannte Davidwache. Nur Jürgen Roland darf Davidswache sagen. Kosovo-Albaner rüsten in den Seitenstraßen auf. Weißrussen kontrollieren Gyros-Imbisse und Pizza-Service-Stationen. Für einen Alt-Kiezianer sind alle Dunkelhäutigen durch die Bank »Ölaugen«. Ein unbedachter Furz aber kann ihn das Leben kosten. Weitere Touristen rücken nach, im Lehmitz werden neue Runden geordert, Wismarer verbrüdern sich mit Waiblingern, die aufkommende Trunkenheit eint fester als alte und neue Kanzlerworte. Im Pascha und Eros-Laufhaus stehen Frauen mit sonnenbankgebräunten Astralkörpern und garantieren, terrorgeil zu sein. Niemand muss allein bleiben, viele Männer können ohnehin nur am frühen Nachmittag. Tiefgefrorene Brote werden in den Ofen geschoben. Am Eck zur Großen Freiheit überlagern sich die Top Ten der Saison, und die aus dem Altonaer Tonstudio eines Hamburger Kollegen kommende und gut ausgeruhte Pat kauft einem Pakistani die letzten Rosen ab: »Ein' schön' Tag noch.«

Gabriella thronte auf einem dick gepolsterten Stuhl, burgunderroter Samt, Blattgoldimitation, leicht nach innen geschwungene Stuhlbeine. Sie trug einen pinkfarbenen Jogginganzug, weiße Socken und moos-

grüne Plastikbadelatschen. Um ihren wulstigen Nacken hatte sie ein dunkelbraunes Handtuch gelegt. Sie sah so was von daneben aus, dass Pat der Atem stockte.
»Sag nichts, nein«, röhrte Gabriella. »Ich will nichts hören, nein, nein, nein.«
Pat trat ein und schloss behutsam die Garderobentür hinter sich. Sie legte den Rosenstrauß vor Gabriella auf den Schminktisch, zog ihre Zigaretten hervor und zündete sich eine an.
Gabriella hielt sich die Ohren zu. Wieder mal voll durchgeknallt, sagte sich Pat und entschied sich, es locker anzugehen. Sie sah in Gabriellas Spiegelgesicht und streckte ihr grinsend die Zunge heraus.
Gabriella holte einen tiefen Ton aus ihrem massigen Körper und begann »My Lord, my sweet Lord« zu singen. Sie sang von der Finsternis, die sie umgab, von Höllenpfuhlen und Schlangengruben, sie sang von der Hitze eines langen Arbeitstages auf irgendeinem beschissen weiten Feld, sie sang von Mais und Melonen, von Eiern und Speck, phrasierte einzelne Worte, reihte Waffeln, belgische, mit Westernomelett, Grilltomaten, grünen Tomaten, stieg die Tonleiter auf mit Ahornsirup, Salzfleisch, Gerstengrütze, Farmersteak, Schweinsfüßen, Hühnerhälsen – ihre Improvisation wurde immer bescheuerter, aber Pat nickte nachsichtig zu jedem Ton.
»Klasse«, sagte sie. »Starke Nummer, wir haben gleich die technische Probe, willst du heute damit auftreten?«

Gabriella stapfte wild mit ihren Elefantenfüßen, brach abrupt ab.
»Ich höre dich nicht, du kannst sagen, was du willst, du bist des Teufels.«
»Genau«, sagte Pat. »Das ist die Lösung. Dann quatsch ich mal so ein bisschen teuflisch vor mich hin.« Sie schnippte die Zigarettenasche in einen leeren Cremetopf und wurde ernst. »Ich hatte 'ne echt ereignisreiche Nacht …«
»Oh, no no no!«, setzte Gabriella neu ein.
»Eine verdammt klärende Nacht!«, überschrie Pat sie. »Mit dem Ergebnis, dass ich mit Urs durch bin, der Typ interessiert mich nicht mehr, und wenn dus in allen Einzelheiten wissen willst …« Sie machte eine bedeutungsvolle Pause.
»Ja?« Gabriella schaute jetzt zu Pat hoch, ungläubig, zweifelnd, aber auch mit einer vagen Hoffnung in den kugelrunden Kinderaugen.
»Er ist letztlich doch nur 'n stinknormaler Primat«, sagte Pat. »Ein alberner Affe, und sein Ding – vergiss es. Da kann er seine kleine Tussi wieder mit spielen lassen, mir hats jedenfalls nichts weiter gebracht.«
»Du lügst nicht, das ist dein Ernst?«
Pat nahm noch einen tiefen Zug, bevor sie die Kippe ausdrückte.
»Lad mich nach der Vorstellung zum Essen ein, wir können ins ›Man Wah‹ gehen oder wohin du willst, ich lass mich überall gern mit dir sehen.«

Teufel ja, es mochte sich nach außen hin als ziemlich abgedreht darstellen, aber trotz allem war Gabriella wirklich der einzige Mensch in ihrem nun schon neunundzwanzigjährigen Leben, für den sie tatsächlich so etwas wie Liebe empfand, egal, wie nervig es mit ihr auch manchmal war.
Gabriellas Kulleraugen wurden feucht.

Einiges von dem, was Urs unter der Schädeldecke hatte, war in die nasse Erde gesickert, eine gallertartige Masse, mit geronnenem Blut durchsetzt.
Kopfhautblut, Fleischwundenblut, Knochensplitter und Taubenschiet in Schlamm und Schlick. Urs war, dem ersten Anschein nach, mit dem Hinterkopf auf einen freiliegenden Stahlträger geknallt. Eine eingerissene Plastikplane über dem Rohrstutzen flatterte. Sielarbeiten der Freien und Hansestadt Hamburg auf der Kastanienallee, mittenmang in St. Pauli.
Kriminalkommissar Schweckendiek, ein kurzbeiniger Beamter auf Lebenszeit, wenn er denn seine Finger sauber hielt, was allein schon mangels Gelegenheit so gut wie sicher war, verbat sich weitere Mutmaßungen des Polizeiarztes und trat ein paar Schritte von der Baugrube zurück, um den Ausweis der mit großer Wahrscheinlichkeit verunglückten männlichen Person genauer zu studieren.
Helvetia, ein Schweizer Pass, ausgestellt in Zürich am 23. Januar 1990 auf den Namen Brändli, Urs, geboren am

9. August 1974 in Winterthur, gegenwärtige Anschrift Rosenstockgasse 15 A, 8013 Zürich, Größe 178 cm, Augenfarbe grau.
Zweifelsfrei ein Ausländer, daran gabs nichts zu deuteln, Kacke aber auch, fluchte Schweckendiek insgeheim, in der Gewissheit, dass das rein verfahrenstechnisch einen enormen Aufwand bedeutete, allein schon die notwendigen Telefonate mit Angehörigen und eidgenössischen Behörden betreffend, Auskünfte in nahezu unverständlichen Krächz- und Kehllauten, eine Zumutung für jeden zivilisierten Mitteleuropäer, als der sich Schweckendiek trotz anders lautender Einschätzung, vor allem der seines indirekten Vorgesetzten, Kriminalhauptkommissar Jörg Fedder, nach wie vor verstand.
Äußerst missmutig durchforstete er die weiteren Fächer der schmalen Brieftasche des im Baugrubenmatsch aufgefundenen Schweizers.
Drei druckfrische Hunderter, ein Fünfziger, sieben, nein, acht Zwanziger, vier Zehner. Eine Amex-Karte, gold. Eine Eurocard der Kantonalbank Zürich.
Die Vermutung, es hier mit einem Unglücksfall im wahrsten Sinne des Wortes zu tun zu haben, verstärkte sich zu einer vorläufigen Annahme.
Ein Wehrpass, ein Fitnessstudio-Ausweis, eine Avis-Express-Card und – Schweckendiek runzelte die dichten Augenbrauen – eine versilberte Rasierklinge, an der

er mit scharfem Blick winzige Partikel einer weißen Substanz wahrnahm.
Schweckendiek grunzte böse, verspürte aber zugleich einen lockeren Klaps auf seiner Schulter und wirbelte zornig herum.
Vor ihm standen der breit grinsende Gottschalk und der skeptisch äugende Fedder, eine Frau zwischen sich, die grazil einen Zigarillo an ihre Lippen führte. Eine mit schlichter Eleganz gekleidete Blondine, zweifelsfrei eine Dame. Hellwache, blaue Augen, ein Erfüllung aller geheimen Wünsche verheißender Mund.
Schweckendiek stierte sie an.
»Schwecki!«, dröhnte Gottschalk. »Ich wollts nicht glauben – du darfst frei herumlaufen.«
»Ja, ja«, winkte Fedder ab und grüßte nickend die Kollegen von der Spurensicherung. »Um was gehts denn hier?«
»Das ist …« Schweckendiek hatte sich wieder einigermaßen gefangen. Er reckte sich und blitzte Fedder an. »Ich ermittle noch. Meines Wissens stehst du dieses Wochenende nicht auf dem Dienstplan. Du wirst es dann schon hören. – Eine Lappalie«, fügte er schnell noch hinzu.
Fedder schüttelte den Kopf, doch er kam nicht mehr dazu, etwas zu erwidern. Gottschalk war neugierig zur Grubenabsperrung gestapft, schaute in das Schlammloch und stieß eine dermaßen obszöne und gotteslästernde Wortkaskade aus, dass den knapp zwei Dutzend Schau-

lustigen, den sensationslüsternen Touristen und den gemeinhin abgebrühten Szenegängern, die bislang verzehrten Fast-Food-Happen in ihren Mägen zu Eisklumpen gefroren.

Das Klingeln hallte in ihrem Kopf wider, klang ab und setzte sofort wieder ein. Die junge Frau rappelte sich in ihrem Bett auf. Es klingelte noch einmal, anhaltend diesmal, schrill und schmerzhaft.
Ein wenig benommen ging die Frau zur Tür, strich dabei fahrig über ihren Glockenrock. Ihre Beine waren nackt, schöne, schlanke Beine, die Fußnägel waren dunkelrot lackiert.
Die junge Frau öffnete. Vor ihr stand der massige Mann, mit dem Urs sie erst vor Tagen bekannt gemacht hatte, ein weit entfernter Verwandter, ein vorzeitig aus dem Dienst geschiedener Kommissar, erinnerte sie noch. Er sah betrübt, niedergedrückt aus, räusperte sich verlegen.
»Nicola«, sagte er. »Entschuldigen Sie, es tut mir Leid, aber Urs – es ist ihm was passiert, darf ich eintreten?«
Nicola starrte ihn ungläubig an, vielleicht sah es auch blöde aus, debil. Sie bat ihn – wie hieß er noch gleich, wie hieß er? – mit einer Geste herein und fand, während er das zur Straße hin liegende Zimmer betrat, entschuldigende Worte für ihren Zustand, sie habe ein wenig geschlafen, eine lange Nacht. »Passiert?«, was er denn damit meine?

»Sie waren die Nacht noch mit Urs zusammen?«
»Nein«, sagte sie und wiederholte ihre Frage, klarer und auch ein wenig schärfer, ein ungutes Gefühl verspürend.
»Man hat Urs tot aufgefunden, es sieht ganz nach einem Unfall aus. Ich war gerade in der Nähe und – er wohnte doch noch bei Ihnen?«
»Nein«, sagte sie kaum hörbar. »Nein.« Ihr wurde übel. »Tot?«
»Ja. Wie gesagt, mein tiefstes Mitgefühl. Sie sollten es von mir hören, obwohl wir uns nur flüchtig kennen gelernt haben. Aber wenn ich was für Sie tun kann …«
»Tot, das ist …« Sie stockte. Ihre Augenlider flackerten. Sie hatte ein Jucken in der Nase, nieste und nieste, nieste, und noch einmal, und noch einmal. Es schüttelte sie dabei so stark, dass sie schwankte.
Der Dicke fasste sie behutsam an den Schultern, und einem Impuls folgend, der zugleich aber ein oft gesehenes Bild aufblitzen ließ – erschütterte Frau kurz vor der Ohnmacht, hilflos, hilfebedürftig, nach dem starken Männerarm greifend –, sank sie an seine Brust, schniefte und schluchzte.
Urs war tot. Nein, das war – blankes Entsetzen stieg in ihr hoch. Tot, wirklich tot? Aber er war doch nur für sie gestorben, nur sie hatte ihn aus ihrem Leben verbannt, eindeutig und endgültig. Und das war ihr überhaupt nicht leicht gefallen, nein.

Der Exkommissar tätschelte väterlich ihren Rücken. Sie sah aus feuchten Augen zu ihm auf, fragend, nachfragend. »Wann haben Sie Urs denn zuletzt gesehen?«, fragte er.

Der Skimaskenmann wischte sich mit der Kappe das Gesicht trocken. Äußerst konzentriert verfolgte er, wie Sven die Scheine abzählte und die Gage dann seinem Zwillingsbruder Knut hinschob. Beide trugen weiße Calvin-Klein-Jeans und schwarze T-Shirts mit einem aufgedruckten grellgrünen Breitmaulfrosch.
»Einsfünf«, bestätigte Knut, nachdem er mit den abgegriffenen Lappen durch war.
»Einsfünf«, wiederholte Sven und nickte die Freigabe ab. Der Skimasken-DJ nahm das Geld cool in Empfang. Er rollte das schmale Bündel und steckte es hinter seine Gürtelschnalle, eine glitzernde 2000.
Sven nickte nachdenklich.
»Wir müssen noch kurz mit dir reden«, sagte er dann.
»Mit dir reden«, echote Knut.
»Denn ma tau«, sagte der drahtige DJ. Er fand die Zwillinge echt krass, ausgesprochene Schweinebacken. Sie betrieben den Club mehr schlecht als recht, hatten null Linie, heute die groovenden Kids, morgen eine Single-Party bei Kuschelrock und immer wieder neu »Die einmaligen Miss St. Pauli«-Wahlen, hirnlose Mädels aus Norderstedt bis hoch nach Pinneberg, Frischfleischbeschau, zum Abkotzen.

»Urs«, sagte Sven jetzt mit Grabesstimme. Knut senkte lediglich den Kopf und faltete demütig die Patschhändchen. Sie hatten beide ein ungesund bleiches Vollmondgesicht und absolut identische Halbglatzen, das schlohweiße Nackenhaar war zu winzigen Rattenschwänzchen geflochten. »Wir haben uns von Urs trennen müssen«, fuhr Sven erklärend fort. »Wir bedauern das sehr.«

»Bedauern das«, murmelte Knut kaum verständlich.

Der Skimasken-DJ reagierte nicht. Er drehte lediglich die Augen nach innen und schaltete auf Hochfrequenzempfang.

Er wartete.

»Das wäre deine Chance«, hörte er Sven sagen. »Unser Angebot ist, dass du das ganze Wochenende hast, das wären sechs Takes, auch mehr, wenn du kannst, wir sehen ja, dass du gut ankommst.«

Der DJ schlug sich mit seiner Skimaske locker in die Hand, überlegte jedoch nicht lange und nickte nun auch. »Jou«, sagte er. »Klingt annehmbar.« Er machte eine bedeutungsvolle Pause. »Nur noch 'ne Frage. Hatte Urs ein Problem?«

Die beiden Club-Maden sahen sich betrübt an.

»Urs war ein Problem«, sagte Sven schließlich. »Mach es ihm bitte nicht nach. Du hast deinen Job, andere haben ihren. Wir denken, du verstehst, was wir meinen. Urs hat sich ein wenig zu viel zugemutet.«

Am frühen Abend gehen auf der Meile die Lichter an, auch wenn es noch hell ist. Türsteher in braunen Kaufhausanzügen und mit Elbsegler auf quasseln sich warm. Heiße Weiber, wilde Lust. Table-Dance und Getränke zu soliden Preisen. Nachgekobert wird am Plüschtresen. Das Roberto-Blanco-Double geht den Schalke-Fan frontal an. Die Verschorften an der U-Bahn-Station lassen die zigste Flasche kreisen, einer geht immer noch. Abgewrackte Punks schwärmen aus, schnorren 'ne Mark für Hundefutter und so, ey, hängen sich an »Tivoli«-Besucher, an »St. Pauli Theater«-Besucher, an jeden Gucker und Gaffer, an alle Flaneure, an Schweden und Schwaben, polnische Putzhilfen im Kunstledermini, an Au-pair-Mädchen aus Litauen, die Uhlenhorster Bibliothekarin mit ihrer total offenen Wochenendbeziehung aus Augsburg, an den Orthopäden aus Leverkusen, den offen auftretenden Schwulen, die heimliche Schwuchtel, an die Fummeltante, den Hähnchengriller aus Eimsbüttel, die Kassiererin bei Karstadt. Gib raus. Tu raus. Verfick dich. Schönen Tag auch noch. Loddel und Luden bleiben unbehelligt, auch Grufti-Rocker und Kettenkerle. Grazile Thais sind auf dem Weg zu ihrem Matratzenbunker. Die Reeperbahn wird zum Weihnachtsmarkt für Obsessive und Pädophile, für Getriebene und daheim Geknechtete, für andauernd Gefrustete, für einsame Wölfe und Kegelclubschwestern aus Bingen am Rhein. Spaß soll sein,

ein Häppchen Kultur und a bissl Verruchtheit in der »Monica Bar«, Latino-Transen auf dem Schoß, das Wodka-Tonic-Glas in der Hand, flinke Finger am Hosenschlitz. In der »Ritze« tauschen gehörgeschädigte Boxer Erinnerungen aus, ein freies TV-Reportage-Team fragt nach Drogen und gebunkerten MPs. Es ist nun doch schon eine Zeit lang her, dass richtig viel Blut in einer der Discos floss. Die Schlemmerbrigade aus Eppendorf/Winterhude nimmt im »Cuneo«, im »Freudenhaus«, im »Abendmahl« und im »Bavaria Blick« die für sie reservierten Plätze ein. Es ist inzwischen kurz nach 20 Uhr, und es ist immer noch Samstag, der 25. September.

Die Soul-Sisters aus dem Mississippidelta, die Donna Summer ähnelnde Ann, die einen Kopf kleinere, keck vortretende Cindy und die schwergewichtige Gabriella eröffneten ihre Show mit »When the saints go marching in«.

Pat, in knallengen Jeans und ärmellosem H & M-Pulli, saß oben am Tonpult und korrigierte die Regler. Der Assi erschnüffelte ein neues Parfüm an ihr, einen herben Duft mit einer etwas stechenden Note, nicht ganz so sein Geschmack, und damit hakte er es bei sich ab, die Tante war ihm ohnehin zu straight. Sie hatte heute auch noch ihr Haar hochgesteckt, und ihre Nackenmuskeln waren angespannt.

Verkehrschaos auf der Budapester. Gottschalk musste schon wieder abbremsen. Auf dem Rücksitz seines Mercedes Diesel orgelte Fedders Handy.
Gottschalk fluchte.

Nicola hing apathisch vor dem ohne Ton laufenden Fernseher. Sie stierte auf den Bildschirm, nahm aber nur den Wechsel von Hell und Dunkel wahr.

Fedder mühte sich mit den Stäbchen ab. Das chinesische Gemüse flutschte ihm immer wieder weg. Die ihm gegenübersitzende Ingrid fasste seine Hand.
»Das ist doch ganz einfach«, sagte sie. »Du musst sie so halten.«
»Pit ist jetzt schon über zwei Stunden weg, wenn das rauskommt, bin ich dran.«
»Du hast nichts damit zu tun.«
»Ich hab mit allem zu tun gekriegt, was er angerührt hat«, erwiderte Fedder bitter. »Danke, besten Dank.« Er schaffte es jetzt, einen Klumpen Reis an die Lippen zu bringen. Die Kanton-Bedienung kam lächelnd heran.
»Ist gut?«
Fedder vergaß zu kauen. Er schluckte den mit Soja und Sambal vermengten Reis hinunter und hob zustimmend die Linke. Ingrid schob ihren Stuhl ein wenig zurück und schlug die Beine übereinander.
»Bedauerst du es?«, fragte sie.

»Was?«
»Ich habe seit Jahren sporadisch was mit ihm.«
»Ich verstehe nicht«, setzte Fedder an.
»Ich meine die vergangene Nacht. Mir hats gefallen.«
Fedder errötete. Was sollte er dazu sagen? Er hatte auch im Verlauf des Tages so gut wie nichts erinnert, es war furchtbar, ja, er musste dermaßen weggetreten gewesen sein, dass man ihm einfach alles zuschreiben konnte.
»Du weißt, dass er dieses Zeug von – von diesem Urs hatte«, sagte er ausweichend. Ingrid machte eine wegwerfende Geste.
»Das ist kein Antrag«, sagte sie. »Mein Gott, nun sei nicht so verklemmt. Du wirst auch nicht von mir hören, dass ich mich vor Liebe nach dir verzehre. Nimms einfach, wie es ist.«
Fedder legte die Stäbchen beiseite.
»Wenn ich das wüsste«, sagte er ernst, »könnte ich mich dazu verhalten.«
Ingrid beugte sich vor und sah ihm prüfend in die Augen.
Fedder erwiderte offen ihren Blick.
Sie sahen sich lange an, und es schien, als löse sich bei Fedder allmählich ein Knoten, als reiße ein dunkles Tuch und eröffne ihm die Sicht auf etwas sehr, sehr Verlockendes. Ein sanftes Lächeln umspielte seine Lippen – Gottschalks Pranke knallte hart auf den Tisch, zusammenzuckend erkannte Fedder sein Handy.

»Die Kleine lügt«, stieß Gottschalk aus und nahm neben Ingrid Platz. Er behielt seinen Hut auf. »Sie wollte mir weismachen, dass sie mit Urs auseinander ist, aber an der Garderobe hing seine Anglerweste. Als er mich mit dem Mädel besucht hat, war er so was von happy über das Teil, das hätte er nicht zurückgelassen. Außerdem war sie auf irgendeiner Droge.« Er wandte sich Ingrid zu. »Hast du heute Vormittag nicht ständig niesen müssen?«
»War das noch im Auto?« Fedder hielt das Handy hoch. »Du hast mindestens einen Anruf drauf.« Gottschalk winkte nach der Karte. »Sie hats auch geschüttelt«, fuhr er fort. »Ich denke mal, da gibts einen Zusammenhang – ein und derselbe Stoff.« Er nickte bekräftigend.
»Und? Was heißt das?«, fragte Ingrid.
Gottschalk überflog die Spezialitätenseite.
Fedder tippte seinen Code ein.
»Ich glaube nicht, dass Urs einfach so in die Grube geplumpst ist. Das kann sich nur so ein bescheuerter Gnom wie Schweckendiek zurechtbiegen. Da war jemand aktiv, möglicherweise im Affekt.« Er richtete seinen Zeigefinger auf Fedder. »Wir bleiben dran.«
»Pssst!«, machte Fedder. Er hielt das Handy ans Ohr, lauschte kurz und schaltete dann aus. »Bedaure«, sagte er. »Ein Informant.«

Gabriella strahlte. Sie glaubte nicht nur zu schweben, sie schwebte tatsächlich, leicht wie eine

Daunenfeder. Leichtfüßig tänzelte sie in ihrer Garderobe herum, drehte sich vor dem mit einfachen Glühbirnen umrahmten Schminkspiegel, hob ihr knöchellanges Goldlamékleid ein wenig an, lupfte es, machte ein paar Steppschritte, trällerte Songzeilen von Cole Porter und Ella, bleckte die Zähne und imitierte Satchmo, great, riesig, fantastisch.

Pat kam mit einer Karaffe Eistee herein, Gabriella hauchte ihr einen Kuss zu.

»Du warst klasse«, sagte Pat. »Sind Ann und Cindy nicht sauer? Du stichst sie glatt aus, im Foyer reden alle nur von dir.«

»Ich möchte die ganze Welt umarmen – oh, no, no, no, nur dich, dich allein.«

Pat stellte die Karaffe ab und verschränkte ihre Arme in Gabriellas Nacken. Sie schmiegte sich an sie, ließ sich streicheln, genoss die breiten Hände auf ihrem Rücken, den Hüften, dem Po.

»Ich bin so froh«, hauchte Gabriella. »So froh. Du bleibst bei mir, ja? Du gehst mit nach Berlin, ich weiß nicht, wo wir dann sind, aber Weihnachten, Christmas, ja? Christmas feiern wir bei mir daheim, oh, wir essen leckere Sachen, und wir machen Barbecue, Grillrippchen ...«

Pat legte ihr sanft die Fingerspitzen auf die Lippen, lächelte nachsichtig.

»Mach nicht immer gleich Pläne, wir haben uns jetzt.«

»Aber du kriegst doch deinen contract, deinen Vertrag.«

»Ja, für Europa. Das ist doch egal.« Sie wand sich behutsam aus Gabriellas Armen und schenkte ihr den kühlen Tee ein. »Wir sehen dann weiter.«
Gabriella setzte sich auf ihren Sesselthron.
Sie nahm einen großen Schluck, kräuselte die Stirn.
»Dieser Boy«, sagte sie. »Du läufst nicht mehr zu ihm, nein? Du suchst nicht nach ihm?«
»Gabriella – ich hab dir gesagt, wies ist. Außerdem müsste ich ihn nicht suchen. Er wird mich sicher noch mal anrufen. Okay, okay, vielleicht verabschiede ich mich auch noch von ihm.«
Gabriella schüttelte den Kopf.
»Bitte«, sagte sie nur, es sollte »bitte nicht« heißen. Sie wollte nicht, dass sich ihre Pat irgendwelchen bösen, bösen Fragen aussetzte.
Urs' Leiche lag um diese Zeit schon seit über vier Stunden in der Gerichtsmedizinischen, und Kommissar Schweckendiek gönnte sich an dem Imbiss gegenüber vom Polizeihochhaus am Berliner Tor ein halbes Hähnchen mit Pommes und Majo, trank Cola, die er sich mit einem Schuss Wacholder hatte verfeinern lassen.

Nicola raffte sich wieder auf. Sie sagte sich, dass sie wach bleiben und nun auch etwas unternehmen müsse. Sie duschte zum zweiten Mal an diesem Tag, blieb lange unter dem eiskalten Strahl stehen. Nachdem sie sich kräftig trockengerieben hatte, streifte sie einen frischen Slip über, stieg in ihre bequemste und dennoch körperbetonende Hose und entschied sich letztlich für eins von Urs' übergroßen Hemden. Und wieder legte sie sich eine fette Linie.

Im »St. Pauli Theater« wurde das Ende der Pause durch ein mehrfaches Klingeln signalisiert. Pat verließ Gabriellas Garderobe und ging zu dem Münzfernsprecher am Bühnenausgang. Sie wählte Urs' Handynummer und sprach auf seine Mailbox, dass man sich nun doch nicht mehr sehen würde, sorry, es sei schon ganz gut mit ihm gewesen, adieu.

Fedder war einem steinalten Taxifahrer ausgesetzt, der saumäßig schlecht hörte und offenbar auch kaum was sah, dafür aber redete, redete, redete.
»Heutzutage geht ja keiner mehr zu Fuß, nee, da gibts ja Dreck an die Schuhe«, quasselte er. »Müssen ja auch immer nur die teuersten sein, aber putzen, dafür sind se sich zu schade, die Herren, ich hab Creme für jede Farbe, wie sich das gehört, gleich im Flur, hinter der Tür, ich wiener meine immer noch abends, nee, meine Frau hat ja die Küche, die hält sie auch topfit, ich sag, wer isst, muss auch spülen, wenn das erst mal verkrustet ist, nee, da hast du Chaos, aber so sind se, die im Rathaus, reißen die Straßen auf, nee, und denn bleibt das alles so liegen, muss nur noch regnen, und se haben den Schiet

annen Hacken, wenn das gleich weg wär, aber nee, nee, dann könnten se ja das Stück auch laufen, unsereins ist ja froh, das will ich damit nicht sagen, ich sag immer, solange die Uhr hier tickt, ist mir alles egal, nee, das Herz macht ja noch mit, da achtet schon meine Frau drauf … «
»Rot!«, schrie Fedder und krallte sich am Vordersitz fest. Der Ötzi stieg auf die Bremse, hob dabei seinen knochigen Hintern so weit, dass er wahrscheinlich zum allerersten Mal auf die Fahrbahn sehen konnte, nervte aber gleich weiter.
»… man will ja gesund über die Runden kommen, so 'n Leiden, nee, da werden se ja nicht mit froh …«
»Schnauze!«, fuhr Fedder ihn jetzt doch an. »Halt verdammt noch mal die Klappe, du Sack, und achte auf den Verkehr!« Er musste den Rest des Weges laufen, was ihm einerseits lieb war, andererseits aber auch zu halblaut gebrabbelten Verwünschungen sämtlicher Senioren veranlasste, durch die Bank ein unnützes Pack, man sollte sie in der Norddeutschen Tiefebene bestenfalls Heidekörbe flechten lassen, weiß der Geier, wie ihm ausgerechnet das in den Sinn kam.
Sein Informant erwartete ihn am Gleis 5 des Altonaer Bahnhofs. Fedder ging mit ihm weit auf den Bahnsteig hinaus.
»In Kürze«, sagte der drahtige Typ. »Die Zwillinge haben 'ne feste Connection zu den Lagos-Snakes, beziehen ausschließlich von denen, ist klar. In den letzten Wochen

hatte sich 'n Kollege von mir eingeklinkt, hat eigenen Stoff unter die Leute gebracht. Nu isser abserviert.«

»Wie abserviert?«

Der Drahtige zuckte die Achseln.

»Ich geh ma vom Schlimmsten aus«, sagte er. »Die Breitmaulfrösche haben geredet, als sei er schon unter der Erde.«

Fedder atmete tief durch. Ein Mord wäre genau der richtige Anlass, die Snakes kräftig am Sack zu packen. Denn allein auf der Drogenschiene hatte man sie bislang nicht zu fassen gekriegt.

»Aber konkret hast du nichts?«

»Man müsste wissen, ob er vielleicht schon vermisst wird.«

»Name?«, fragte Fedder knapp.

»DJ-Brand-Boy – Brändli, offiziell. Urs Brändli.«

Fedder blieb die Luft weg.

Gottschalk schlenderte mit Ingrid zum »Piceno«, um sein »Man Wah«-Gelage – er hatte dreizehn verschiedene Kanton-Spezialitäten verspeist, zu Ingrids Erschaudern auch gefüllte Entenfüße – mit dem zweifelsfrei besten Cappuccino im Großraum Hamburg abzuschließen. Er mochte das »Piceno« auch noch aus einem weiteren Grund. Der Patron Alfonsi war sein nur ein Kopf kleineres Ebenbild, ein wunderbarer Mensch. Gottschalk blieb einen Moment stehen und entzündete eine bleistiftlange, helle Zigarre. Gemächlich paffte er den Rauch aus.

»Wie wollt ihr denn da dranbleiben?«, fragte Ingrid eher beiläufig. Gottschalk hatte sich nach Fedders überstürztem Aufbruch nicht weiter dazu geäußert.

»Wir gehen später in den Club, wo er engagiert war.«

»Nein«, sagte Ingrid. »Mach dich doch nicht lächerlich, das ist was für Kiddies. Du kriegst einen Hörsturz.«

»Unsinn«, wehrte Gottschalk ab. »Ich bin sicher, dass ich da was erfahre.«

»Mein Gott, was denn? Ich muss das jedenfalls nicht haben.«

»Jörg ist dir lieber, ich weiß.«

»Was soll das, he? Hast du plötzlich Angst, dass ich dich links liegen lassen könnte?«

»Er lag heut früh links neben dir – weit gehend unbekleidet, wenn ich mich richtig erinnere.«

»Ja«, sagte Ingrid aufmüpfig. »Und?«

»Bei mir ist nicht alles im Dunkel versackt«, sagte Gottschalk. »Aber es ist schon in Ordnung, ja, ja, ich gönns euch, besonders Jörg, nach all dem, was er in den letzten Jahren durchgemacht hat, die Trennung von Evelyn, diese eigentlich ganz reizende Babette, ich glaube, er hatte auch kurz noch was mit seiner damaligen Maklerin, na egal, es war jedenfalls nie die reine Freude, Sex ist ja nicht das Problem, in der Hinsicht habe ich auch nie irgendwelche Klagen von ihm gehört, nein, ihr passt schon ganz gut zusammen, meinen Segen habt ihr, nicht, dass du denkst …«

»Ich denke, du solltest das uns überlassen, und deine Aufreihung kannst du dir schenken. Okay?«

Gottschalk hob beschwichtigend Schultern und Arme, mimte den aus reinem Herzen Sprechenden. Seine Zigarrenspitze streifte einen Handybenutzer, der mit einem giftigen Blick auswich.

Gottschalk beeilte sich, die bereits weitergegangene Ingrid einzuholen.

Er seufzte.

Es war immer sehr angenehm gewesen, an Ingrids Seite einzuschlafen, sie hatte sich gern an ihn gekuschelt.

Reeperbahn, Reeperbahn. U-Bahn-Station St. Pauli, Haltestelle der U 2.

Kiosk mit Flaschenbatterien, Küstennebel, Kleiner Feigling, Jägermeister. Rauchverbot, was niemanden abschreckt. Reklamefenster mit Gay-Kino-Reklame. Die Stufen nach oben. Urinlachen und Hundekot. Das »Hasse ma, gib ma«-Empfangskomitee. Ausgemergelte Drogis. Ausgerollte Rotkreuzdecken. Spritzbesteck. Die Pforten der Wahrnehmung bleiben vernagelt. Kein göttliches Licht leuchtet nach einem Straßendeal-Schuss auf. Manchmal spuckt nur der Hass-Vater Feuer. Eine Mona hat den Asphalt aufkratzen wollen. Unter dem Pflaster der Strand, ein in Kindertagen oft gehörter Satz. Eine

Verheißung. Greinende Babys werden über den Zebrastreifen getragen, gen Michel hin. Die Meile wird nun ganz vom Satan beherrscht. Tu raus die Knete, ist die Parole. Wer jetzt nicht löhnt, hat nichts zu lachen. Gleich nach dem Ankobern hört der Spaß auf. In der Davidwache stehen die Ausgemisteten schon Schlange. Es gibt nichts, was es nicht gibt. Eine Beamtenweisheit. Wie das Wissen, dass das, rein falztechnisch, nahverkehrsmittelfreundliche Boulevardblatt der größte Zuhälter im Großraum Hamburg ist. Paragraf 180 und 181 a. Förderung der Prostitution. Zuhälterei. Mit Freiheitsstrafe bis zu drei Jahren oder mit Geldstrafe wird bestraft, wer gewerbsmäßig die Prostitutionsausübung eines anderen durch Vermittlung sexuellen Verkehrs fördert. Da kichern die Verkäuferinnen, die Arzthelferinnen und Copy-Shop-Aushilfen, die seit dem frühen Abend in Pink und Pumps auf der Davidstraße stehen, die Hühner, die Ischen, die Schnallen, die Mädels. Sie klammern und grabschen, pfeifen und schnalzen, balzen und verstellen selbst Gebissträgern den Weg. Komm doch, süßer Kleiner, sei der meine für fast nichts. Ein einziger Hindernislauf. Vor dem »Cuneo« steht steif wie eine Latte der Panik-Dröhner. Der mit zweifelhafter Intelligenz ausgestattete TV-Talker führt ein kaffeebraunes Girlie aus, um sich tief einzulassen. Italienische Schnulzen überlagern die Frage nach irgendeiner Fallhöhe. Über die Herbertstraße stolpert ein dänischer

Spielwarenfabrikant und verschenkt Gummienten. Die SM-Dominas rühren sich ein Tässchen Tomatensuppe an, die Fünf-Minuten-Terrine. Angeliefert werden Kohlrouladen aus dem Wochenangebot der »Hansa«-Menüs, Altennahrung mit Kalorienangabe. Der Kellerclub am Eck ist noch geschlossen. Auf das »Erotic Art Museum« hat niemand so richtig Bock, in das »Erich« geht der Kiez-Kenner einfach nicht. Der Immobilien-Tycoon vom Hans-Albers-Platz wird manchmal der »Prinz von St. Pauli« genannt. Dumm Tüch, sagt der Tresenhocker im »Silbersack«. Auch Könige und Paten sind Medienfantasien. Ehemals harte Jungs reden in Mitternacht-Talkshows lediglich von dem einen oder anderen Klaps. Scharf geschossen wird nur von Scheinasylanten. Drei Lagos-Snakes treffen sich in einer Bar am Fischmarkt und ordern Astra. Gabriella tritt auf der »St. Pauli Theater«-Bühne zu einem Solo vor: Love Blues. Sie singt zum Tonpult hin.

Nicola Behrens hatte die rote »TUI«-Kappe, Präsent an die Mitarbeiter des Uhlenhorster Reisebüros, in dem auch sie seit nun schon zweieinhalb Jahren tätig war, über ihr dunkelbraunes Wuschelhaar gestülpt und ließ sich auf dem Weg zur Kastanienallee Zeit.
Sie dachte an ihre erste Begegnung mit Urs, an ihr Abtanzen in der »Prinzenbar«, ihre Lust, irgendjemanden kennen zu lernen, sich mitnehmen zu lassen, für ein

paar Stunden zu vergessen, wie nervig ihre tägliche Arbeit war, Billig-Reisen nach Costa Rica, all inclusive, hören Sie, 14 Tage Mallorca, Halbpension, preisgünstige Ferienhäuser in Südfrankreich und in der Toscana, aber mit Pool, für Familie mit Kleinkind und Hund, das Tier braucht Auslauf, bitte nachfragen, Schiffsfahrten auf der Donau, dem Rhein, der Elbe, Außenkabine, und wie sind die Kleidervorschriften? Schauen Sie das doch noch einmal nach, checken Sie das, schließen Sie ab, buchen Sie, mit Reiserücktrittversicherung selbstverständlich, ICE-Rückreise Stuttgart, Zuschlag und Platzreservierung, Nichtraucher-Abteil.
Anrufe, Beschwerden, durchgängig zuständig von 9 bis 18 Uhr, eine Stunde Mittag, ein Salat und eine Apfelschorle, und immer und immer wieder Dieter, der Computer-Fachverkäufer, der einfach nicht begreifen wollte oder konnte, dass er für sie nichts Prickelndes mehr hatte und zudem auch noch von ihren Rave- und Groove-Nächten absolut nichts hielt, Ekstase, Nico, das ist doch nur peinlich.
Nicola dachte daran, wie Urs sie fixiert, wie er sich ihr genähert hatte. Sie sah sich mit ihm auf dem dunklen Gang zu den Toiletten. Sie spürte wieder seine Hände auf ihren Hüften, hörte sein Näseln, hey, du, du bist geil drauf, oder? Werd mir nicht müde, ich hab da ein bisschen was.
Sie hatte sich mitziehen lassen.

Sie hatten sich sein Kokain geteilt.
Sie hatten nur noch einen Mix lang getanzt. Sie hatte ihn gewollt, hatte es im Taxi kaum noch ausgehalten. Es war ein irrer Tag geworden, sie hatte sich nie zuvor so frei, so gelöst gefühlt – knallverliebt.
Urs.
Urs, der echt fantastische Typ. Der herumjettende DJ, der sich in Hamburg hatte fest etablieren wollen. Bei ihr, in ihrer Jarrestraßewohnung, drei Zimmer und Innenhofbalkon.
Wenn sie von der Arbeit nach Hause gekommen war, hatte er mit ihr auf dem Balkon gefrühstückt.
Urs.
Urs, du gottverdammter, verfluchter Scheißkerl.

Gabriella variierte den Love-Blues-Text, signalisierte, das Playback auszublenden, rappte über Tage, an denen sich etwas entscheide, trat weiter vor und begann, ihre ureigenste Geschichte in einem leichten Singsang zu erzählen, die Story einer ehemaligen Alkoholikerin ...
Gottschalk ließ sich währenddessen von Alfonsi einen doppelten Grappa servieren ...
Ingrid überprüfte auf der Toilette ihr Make-up. Sie hoffte, dass Fedder bald wieder auftauchen würde ...
Der drahtige Skimasken-DJ trank an einem der Imbissstände im Altonaer Bahnhof einen Kaffee und blätterte

dabei ein Waffenjournal durch. Sein größter Wunsch war, als Quereinsteiger letztlich ins LKA zu kommen ...
Fedder saß wieder in einem Taxi und versuchte, per Handy Schweckendiek zu erreichen ...
Schweckendiek telefonierte vom Büro aus mit seiner siebenundachtzigjährigen Mutter und berichtete ihr minuziös, wie sein Samstagsdienst bisher verlaufen war. Dennoch fragte die alte Dame immer wieder nach ...
Die Zwillingsbrüder Sven und Knut, die teiggesichtigen Club-Maden, spielten im »Blockhouse« am Mittelweg eine Runde Mau-Mau ...
Und nach wie vor ist es Samstag, der 25. September. Es ist nun 22.10 Uhr.
Countdown.

Kurz nach 22.30 Uhr beglichen die Zwillinge die Rechnung und gingen zu ihrem vor dem Lokal geparkten Landrover. Sven setzte sich ans Steuer, Knut drückte eine »ZZ Top«-Kassette ein. Zur gleichen Zeit beendete Schweckendiek sein Telefonat mit den Worten: »Liebste Mama, schlafe gut, wie nur der Gerechte ruht, mache beide Äuglein zu, Sohnemann bleibt lieb wie du.« Als er den Hörer auflegte, hatte Fedder es bereits aufgegeben, seinen Dienst habenden Kollegen zu erreichen. Er dirigierte den koreanischen Taxifahrer in die Kastanienallee, ließ ihn an der Baugrube halten, zahlte und stieg aus.

Wow«, sagte Pat. »Das haute rein, ich hab echt heulen müssen, selbst der dämliche Assi hatte feuchte Augen. Warst du wirklich so abgedriftet? Klar, sorry, das kann man sich nicht ausdenken.« Sie kniete sich neben die in ihrem Sessel thronende Gabriella, fasste ihre Hand und legte sie sich auf die Brust.

Gabriella schloss die Augen.

»Ich habs immer noch in mir«, sagte sie leise. »Und auch die Angst, Pat, die Angst, dass ichs wieder tue. Manchmal träume ich ganz, ganz schlimme Sachen, dass ich an einem Haken hänge, an so einem böse gebogenen Angelhaken, ganz furchtbar, und die weißen Männer ziehen mich durch ein Meer aus bernsteinfarbenem Whisky, o ja, ja, dann muss ich schlucken und schlucken, und alles um mich herum stürzt ein.« Sie schaute mit ihren wunderschönen dunklen Augen auf Pat herab. »Du bist dann nicht da.«

Pat nickte betreten.

»Ich lasse dich nicht mehr allein«, sagte sie dann. »Weißt du, ich bin manchmal ein wenig verrückt, crazy. Ich denk, ich müsste mir beweisen, dass ich – ach, Scheiße, ich glaub bis heute nicht, dass ich irgendjemandem gefallen könnte, ich find mich hässlich, allein schon diese Nase, äh!«

Sie schüttelte sich.

Gabriella zog sie liebevoll zu sich hoch. Pat setzte sich auf ihren Schoß, und Gabriella umarmte und wiegte sie.

»Nein, Pat, nein, no, no, no. Der ›Duke‹ sagt mir jedes Mal wieder, dass alle Menschen einen strahlenden Diamanten in sich haben, er wird nur trübe durch einen selbst, durch dumme, dumme Dinge, die du dir einredest. Ich habe dem ›Duke‹ alles gebeichtet.«
»Du warst heute auch erst unausstehlich.«
»Ja«, sagte Gabriella. »Ich habe mich da noch ein wenig schuldig gefühlt, aber jetzt weiß ich, dass ich keine Schuld habe, du bist von allein zu mir zurückgekommen.«
Zärtlich strich sie Pat eine Haarsträhne aus dem Gesicht, zeichnete sanft ihren Nasenrücken nach, ihre Lippen.

Fedder schaute nachdenklich in die metertiefe Grube. Die Kollegen hatten den toten Urs aus dem Schlick gehoben und in den Leichensack gelegt. Schweckendiek hatte seine Brieftasche in der Hand gehabt, eine Sonnenbrille war noch sichergestellt worden, aber keine Haustürschlüssel und – Fedder holte tief Luft – kein Handy.
Er nickte entschlossen.
Der dämliche Taxifahrer kam ihm kurz in den Sinn – »nee, da gibts ja Dreck an die Schuhe« – aber sicher doch, du alter Klappersack!
Fedder stieg über die Absperrung, sagte sich noch, Augen zu und durch, und sprang hinunter in den Baugrubenmatsch.

Ohne Zögern schlug er die eingerissene Plastikplane zurück, zog die im Elysee eingesteckte Streichholzschachtel hervor – »Frisch, Frech, Französisch« – und riss ein Streichholz an.

Meine Tante ist schon Anfang der Dreißiger in die Schweiz«, sagte Gottschalk in sein viertes Glas Grappa. »Sie hat da einen Historiker geheiratet, o ja, einen hochgebildeten Mann, hochgebildet, hat mir ›Madame Bovary‹ empfohlen, ›Raureif fiel, und man kehrte nach Yonville zurück‹, Raureif, Ingrid, und Madame ›legte sich auf den Rücken und streckte sich‹, das war eine Erleuchtung, o ja, eine ergreifende Lehrstunde in Sachen Liebe, ich habs immer wieder gelesen – nun ja, zuletzt, als Fedder auf die Couch musste.«

»Was ...?«

»Vergiss es«, sagte Gottschalk schnell. »Das ist Jahre her.«

»Er hat eine Therapie gemacht?«

»Das war vor Evelyn, er hats in den Griff gekriegt.«

Ingrid beugte sich zu ihm vor.

»Du versuchst alles, mir Jörg in einem äußerst dubiosen Licht erscheinen zu lassen, das ist dir doch klar?«

»Ich bin geschwätzig, ja, ich weiß.«

»Nein, du bist niederträchtig.«

»Ingrid!«, sagte Gottschalk überzeugend empört. Ingrid nahm ihm das Grappaglas weg und leerte es.

»Wir warten noch eine halbe Stunde«, sagte sie. »Wenn Jörg dann immer noch nicht zurück ist, gehe ich nach Hause – allein, damit wir uns richtig verstehen. Aber wenn du ihn noch triffst, kannst du ihm sagen, dass er jederzeit bei mir klingeln kann, auch mitten in der Nacht.«

»Ingrid«, wiederholte Gottschalk und winkte schon nach einem neuen Glas. »Mir geht es wirklich nur um Urs, ich werd mit seinen Eltern telefonieren müssen …«

»Ach was, ich bin es langsam leid.«

»Seine Mutter – Ingrid, du müsstest sie einmal kennen lernen, sie haben ein Haus in Zürich, das wird dich begeistern. Das Bad ist eine einzige Fensterfront, du siehst von der Wanne aus direkt auf den See. Sein Vater hat das selbst entworfen, Urs ist ihr Einziger …«

»Du kanntest Urs doch gar nicht. – Mein Gott, ja, es ist wirklich nicht schön, wenn jemand tödlich verunglückt, aber daraus gleich ein Verbrechen zu konstruieren. Nein, Pit, das redest du mir nicht ein. Außerdem bist du schon wieder betrunken.«

Gottschalk seufzte. Er schob seinen weißen Borsalino in den Nacken und hielt sein Glas dem mit der Flasche heranwatschelnden Alfonsi hin.

Die Zwillinge ließen ihren Kellerclub um 23.30 Uhr öffnen. Unter den hereinströmenden Kids, Durchschnittsalter achtzehn, waren zwei Drittel, die ausschließlich wegen DJ-Brand-Boy gekommen waren, dem

Brändli-Urs, der jeden Abend eine neue Überraschung parat gehabt hatte, die unbekannte Cover-Version eines Reggae-Hits, allgemein als verschollen geltende Filmmusiken, Studiomitschnitte und auch Straßenrap-Amateuraufnahmen.
DJ-Brand-Boy war in den letzten Wochen zum King der Szene erklärt worden, und sowohl die siebzehnjährige Gymnasiastin Kirsten wie ihre Schulfreundinnen Tara und Sandra, die Biologie-Erstsemester-Studentin Jacqueline, die in einem Eppendorfer Fotostudio jobbende Mia, die Zahnarzthelferin Marieann und die Studio-Hamburg-Praktikantin Sarah hatten allein in den vergangenen drei Nächten zum einen den zweiten, dritten und auch fünften Toilettenquickie mit Urs gehabt, vor allem aber wiederholt Koks von ihm weit unter dem üblichen Handelswert bezogen.
Als sie jetzt nach und nach in den Club kamen, ahnten sie nicht einmal, dass in dieser Nacht alles anders sein würde.
Nicola hockte noch am Tresen der sich ebenfalls allmählich füllenden »Prinzenbar« und hatte inzwischen die Gewissheit, dass sie niemand vom Service als die Glockenrockfrau vom frühen Morgen wiedererkannte. Man hatte sie hier allein als »TUI«-Kappenträgerin auf dem Schirm.

Der Revierleiter der Davidwache überließ Fedder sein Büro. Fedder dankte ihm und bekräftigte noch einmal, dass er wahrscheinlich nicht lange brauchen werde, das zumindest hoffte er. Der leitende Kollege war früher Chef der Pressestelle im Haus am Berliner Tor gewesen, und Fedder kannte ihn gut. Fedder hielt nach wie vor große Stücke auf ihn. Nachdem er schließlich allein im Raum war, wählte er erneut Schweckendiek an. Diesmal erreichte er den dämlichen Hund.

»Hör zu«, sagte er ohne weitere Einleitung. »Ich gehe davon aus, dass du die Papiere der in der Baugrube zu Tode gekommenen Person vorliegen hast. Ich brauche sämtliche irgendwo verzeichneten Nummern, ist das klar? Alles, was Zahlen hat.«

»Warum?«, fiel ihm Schweckendiek schroff ins Wort.

Fedder drückte sein Kreuz durch.

»Frag nicht, tus einfach, ja?«

»Du mischst dich in meine Angelegenheiten.«

»Deine Angelegenheiten, Schweckendiek, sind allein die, die du auf dem Lokus verrichtest …«

»Oh, habe ich das richtig gehört?«

»Ja. Und ich häng dir eine Dienstaufsichtsbeschwerde an, die sich gewaschen hat, wenn du jetzt nicht spurst«, schnauzte Fedder. Er war laut geworden. Grimmig schaute er auf seine total verdreckten Schuhe und die ebenso versaute Hose.

Vom anderen Ende der Leitung kam einen Moment lang nichts, doch Fedder hörte förmlich, wie der Döskopp die ihm verbliebenen grauen Zellen bemühte.

»Ich werde sehen, was sich machen lässt«, sagte Schweckendiek nach unendlichen Sekunden.
»Nein!«, sagte Fedder. »Du machst es sofort, und ich bleibe dran. Fang mit dem Personalausweis oder dem Pass an. Ich warte.«
Er musste in der Tat eine Ewigkeit warten und schwor sich dabei, Schweckendiek bei nächster Gelegenheit richtig einen einzuschütten.
Um nicht untätig zu bleiben, angelte er sich den ersten Band des Hamburger Telefonbuchs und schlug unter »Gaststätten« nach.

Einen Letzten noch«, bat Gottschalk. Er stemmte sich schwerfällig hoch. »Von mir aus am Tresen, wir gehen dann auch.«
»Ich gehe nirgendwo mehr hin«, erwiderte Ingrid entschieden. Doch sie stützte Gottschalk und geleitete ihn zu dem bereits nach der Flasche greifenden Alfonsi. Eine der hübschen polnischen Serviererinnen nahm einen Anruf an.
»Dicke Mann mit weiße Hut hier?«, rief sie quer durch das Lokal.
Gottschalk schnaubte empört.

Bereits eine drei viertel Stunde nach Öffnung des Clubs hatte sich herumgesprochen, dass DJ-Brand-Boy diese Nacht nicht am Pult stehen würde. Irgendjemand wollte gehört haben, dass er kurzfristig von einem Frankfurter Veranstalter engagiert worden sei. Aus Frankfurt war London geworden, aus London der große Rave in einem Schweizer Bergtal, aus dem Tal hatte sich die Affäre mit einer Adeligen aus Augsburg entwickelt, eine Version, die von der Mutmaßung, Urs sei als Kurier nach Kolumbien unterwegs, noch getopt wurde.

Die Zwillinge Knut und Sven bekamen davon nichts mit. Sie servierten den drei groß gewachsenen Lagos-Snakes das von ihnen gewünschte Astra und hörten sich geduldig an, dass alle Weißen »gottverdammte Motherfucker« und weiße Frauen vom Teufel beherrschte Schlampen seien.

Dennoch aber äugten sie immer wieder lüstern zu dem Monitor, auf dem die Tanzenden in Obersicht zu sehen waren, die durchweg äußerst attraktiven jungen Frauen, die verzückt ihre Arme reckten und wie von Stromstößen gepeitscht sich aufbäumten und krümmten, mit jeder Faser ihrer schlanken und geschmeidigen Körper Sex, Sex, Sex signalisierten.

Nicola verließ die »Prinzenbar« und machte sich auf den Weg zu dem in der Erichstraße liegenden Kellerclub ...

Ingrid hielt Gottschalk untergehakt. Sie überquerten die Reeperbahn und gingen zur Davidwache hinüber ...

In der Höhe des »Tivoli« applaudierte just in diesem Moment eine Touristengruppe aus Remscheid der mit Pat vorbeiziehenden Gabriella. Obwohl Gabriella jetzt einen knöchellangen dunklen Umhang, Hut und Sonnenbrille trug, hatte man sie als in mehrfacher Hinsicht herausragende Solistin der im »St. Pauli Theater« gastierenden Soul-Sisters erkannt. Gabriella strebte mit Pat auf das »Man Wah« zu ...
Schweckendiek mischte die für Fedder eingegangene Post in dessen Büro unter den Stapel »Erledigt«, riss die Kalenderblätter »September« und »Oktober« ab und entfernte aus sämtlichen Kugelschreibern die Minen. Immer noch nicht ganz zufrieden, drückte er eine Tube Uhu über Fedders Garderobenhaken aus. Erst dann griff er wieder zum Telefon ...

Ich habs«, sagte Fedder und hielt das im Rohrstutzen gefundene Handy hoch.
»Was hast du?«, fragte Gottschalk mit etwas schwerer Zunge.
»Das Handy deines entfernten Verwandten.«
»Ich mochte den Jungen«, sagte Gottschalk. »Du kannst dir nicht vorstellen, wie süß er als Knirps war. Ich war mit seinen Eltern in Urlaub, o ja, in der Nähe von Siena, auf einem Weingut, ein fantastischer Wein ...«
Ingrid aber begriff sofort.
»Bist du an seine Mailbox gekommen? Ist da was drauf?«

Fedder nickte. »Es war relativ einfach«, erklärte er. »Er hat als Code sein Geburtsdatum benutzt: 9-8-7-4, neunter August vierundsiebzig.« Er tippte die Zahlen ein und reichte Gottschalk das Handy. »Was hörst du?«
Gottschalk gab sich redlich Mühe, konzentriert zu lauschen.
»Da bittet ihn jemand, noch mal in den Club zu kommen und – Scheiße, da quakt noch einer.«
»Die Zwillinge«, sagte Fedder. »Knut hat die Angewohnheit, Sven zu wiederholen. Ich kenn die beiden.« Er wandte sich an Ingrid. »Svens Nachricht ist: ›Komm noch mal kurz in den Club, es gibt noch was zu bereden …‹«
»Stopp!«, sagte Gottschalk. »Da mischt sich noch ein anderer Typ ein.«
»Richtig.« Fedder stand auf. »Mit den Worten: ›Soll sagen, wo man treffen kann ihn.‹ Starker fremdländischer Akzent, der, aufgrund meiner Informationen, einem der Lagos-Snakes zuzuschreiben ist. – Pit, süßes Kerlchen hin, süßes Kerlchen her, dein Urs hat seinen Club-Job auch dazu benutzt, um eigene Deals abzuwickeln. Das hat den Snakes nicht geschmeckt.«
»Moment, das geht hier noch weiter.«
»Jaja«, sagte Fedder und nahm ihm das Handy kurzerhand wieder ab. »Ein Mädel, das sich von ihm verabschiedet. Das ist nicht weiter relevant.«
»Das, das war aber nicht Nicolas Stimme.«

»Durch seine Deals wird er etliche Bekanntschaften gemacht haben.« Fedder schaltete das Handy aus und legte es vor sich auf den Tisch. »Ich nehme an, die Snakes haben Urs abgefangen und ihn kräftig aufgemischt. Ich habe Schwecki angewiesen, in der Gerichtsmedizinischen nachzufragen, ob an Urs' Körper entsprechende Spuren sichtbar sind, Druckstellen, Quetschungen und so weiter.«
Gottschalk schüttelte den Kopf.
»Dünn«, sagte er und zitierte: »Du nimmst an …«
»Es reicht, um den Zwillingen einen Besuch abzustatten.«
Ingrid hauchte Fedder einen Kuss auf die Wange.
»Tu das«, sagte sie. »Wir sehen uns dann noch.«
»Ja?«, fragten Fedder und Gottschalk wieder einmal wie aus einem Munde.

Pat nahm einen großen Schluck Bier, zündete sich eine Zigarette an und stieß den Rauch zur Decke hin aus. »Was meintest du eigentlich mit Schuld, dass du dich schuldig gefühlt hast? An was denn?«
Die dicke Gabriella schaute verlegen beiseite. Sie hatte gehofft, dass Pat nicht mehr darauf zu sprechen kommen würde. Es war doch auch wieder alles gut, und es würde gut bleiben. Sie war in Gedanken schon mit Pat bei sich zu Hause gewesen, bei einer Raddampferfahrt auf dem Mississippi, mit all ihren Verwandten und Bekannten, einem sich anschließenden großen Essen, Creole Gumbo, kräftig und stark gewürzt.

Sie faltete die Hände. Der »Duke« nickte ihr aufmunternd zu.
Gabriella hatte sich bereits als Kind nichts sehnlicher gewünscht, als mit dem »Duke« zu jammen. Wie ihr großes Vorbild Ella. Ella Fitzgerald und das Duke-Ellington-Orchester.
»Nun sag schon«, drängte Pat.
Gabriella sah Pat an.
»Ich habe dir nachspioniert«, sagte sie leise. »Ich habe dich heute Morgen mit diesem Boy gesehen, wie du ihn – wie du ihn geküsst hast.«
»Gabriella, ich habe dir gesagt, dass es vorbei ist. Bist du mir etwa die ganze Nacht über nachgelaufen?«
»Nein, nein, eine böse, eine ganz, ganz böse Kraft hat mich zu euch hingezogen. Es hat sehr, sehr wehgetan. Er hat ja auch dich betrogen.«
»Urs? Ach komm, ich weiß, warum 'ne Menge Girls auf ihn heiß sind.«
»Er hat sich gleich nach dir mit einer anderen getroffen. Ich – du musst mir verzeihen, Pat – ich wollte ihn ...« Sie stockte. »Ich wollte, dass er weg ist, für immer weg ist.«
»Okay«, sagte Pat jetzt leichthin. Aber Gabriella fühlte sich noch nicht ganz richtig von Pat verstanden.

Es war eine kurze, aber überaus wüste Aktion, die nur wenige Sekunden nach Fedders und Gottschalks Erscheinen im Kellerclub ablief.

Ein offenbar völlig zugedröhnter Typ sprang Gottschalk irre lachend an.
Damit begann es.
Gottschalk schüttelte den Burschen angewidert ab.
Der Junge fiel rückwärts in die tanzende Menge und riss etliche Kids mit sich. Sie strampelten auf dem Boden liegend wild herum und schrien sich die Kehle aus dem Leib.
Fedder versuchte, sich einen Weg zum Büro der Zwillinge zu bahnen.
Er sah die Bürotür aufschwingen und drei dunkle Gestalten herausstürmen.
Da er keine Waffe bei sich trug, riss er lediglich den Arm hoch und schrie gegen den dröhnenden Hip-Hop an.
Die Antwort war ein peitschender Schuss.
Die Kugel prallte über ihm von der niedrigen Decke ab und riss eine Fleischwunde in Gottschalks rechte Schulter. Gottschalk sackte in sich zusammen.
Die Musik wurde gekappt.
Eine weitere Kugel zischte knapp an Fedder vorbei. Von ihr wurde niemand getroffen. Sämtliche Raver waren entsetzt schreiend auseinander gestoben.
Völlig allein stand Fedder auf der Tanzfläche.
Hinter ihm ächzte und fluchte Gottschalk.
Nur eine Person in dem von Panik beherrschten Club reagierte der Situation entsprechend. Hinter einem schützenden Pfeiler stehend, tippte Nicola die 110 in ihr

Handy, während einer der Lagos-Snakes Fedder mit einem gewaltigen Hieb zu Fall brachte und, dicht gefolgt von seinen beiden »brothers«, die Treppe hoch nach draußen hastete.
Sehr weit kamen sie nicht.
Die Waffen noch in der Hand, fielen sie einer die Erichstraße abfahrenden Streifenwagenbesatzung auf und konnten kurz darauf gestellt und überwältigt werden.

Gabriella schloss glücklich die Augen, goldgelbes Licht umstrahlte den zufrieden lächelnden »Duke«, der seinem Orchester den Einsatz gab, take, take the A-Train, den Zug ins dauerhafte Glück, so jedenfalls summte es Gabriella leise und hielt die schon tief an ihrer Seite schlafende Pat zärtlich umschlungen ...

Nicola half dem im UKE verarzteten Gottschalk, der nachdrücklich darauf bestanden hatte, keine Minute länger als eben notwendig in der »Schweine-Klinik« zu bleiben, aus dem Taxi und begleitete ihn in seine Winterhuder Wohnung.
»Ich habe ihm nur noch sein blödes Handy aus der Hand geschlagen«, gestand Nicola, während sie die Haustreppe hinaufstiegen. »Es ist übers Pflaster irgendwohin geflogen, ich hab mich gleich umgedreht und bin weggelaufen. Als Sie mir sagten, dass Urs tot ist, dachte ich, Sie kriegen wahrscheinlich schon bald raus, dass ich

mich noch mit ihm getroffen habe, als Letzte vermutlich, und dann – ich war ja tatsächlich so drauf, ihn umzubringen, aber das hab ich dann doch nicht gebracht. Nur dass er sich nie, nie mehr bei mir blicken lassen sollte, das hab ich ihm hingeknallt – nein, nein, er hat mich nicht ernsthaft geliebt, überhaupt nicht.«

Gottschalk brummelte irgendwas.

Er sehnte sich nach einem ausgiebigen Frühstück und fragte sich, ob er der Kleinen zumuten konnte, es ihm nach seinen Anweisungen zuzubereiten.

Sein rechter Arm hing kraftlos in der Schlinge.

Einige Straßen weiter ließ Ingrid dem total übermüdeten Fedder ein »Muskel-Vital«-Bad ein und setzte sich zu ihm auf den Wannenrand.

»Fehlanzeige«, sagte Fedder matt. »Trotz aller Tricks, diese verdammte Lagos-Bande hab ich lediglich mit illegalem Waffenbesitz und Körperverletzung festnageln können. Die sind fix wie nix wieder auf freiem Fuß und ziehen weiter ihre Deals ab. Wies aussieht, wirds dabei bleiben, dass Urs tatsächlich unglücklich gestürzt ist.«

Ingrid wiegte skeptisch den Kopf.

Und auch Fedder zuckte nur noch die Achseln. Sekunden später war er in der Wanne eingeschlafen.

Der Morgen graute, und wieder waren Dreck und auch Blut von Händen und Körpern gespült worden, ließen die Imbissbuden-Betreiber auf dem Kiez das abgestandene Fritteusenfett in die Kanalisation ab, sicherten damit auch weiterhin die Arbeitsplätze der städtischen Sielarbeiter – wenigstens daran bestand kein Zweifel.